歌集

塩の行進

春日いづみ

現代短歌社

塩の行進◆目次

塩の行進

晩鐘

スモッグの晴れし青空　入道に誘はれたり六本木まで

マネの絵に人だかりなすをすり抜けてミレーに急ぐ〈レアリスム〉へと

若きより心に抱く「晩鐘」の意外に小さし顔を寄せゆく

残照は痩せたる大地をふくよかに照らし出しをり祝福のごと

いづこより鐘の音ひびき聞こゆるや　農婦の首の傾ぎつつまし

全身を傾け祈るうらわかき農婦は大地に根をおろすごと

同じ詩句同じリズムに祈る女男《めを》　空の黒鳥唱和してゐむ

足元の小さき籠の馬鈴薯が赤児のやうなりまろまろとあり

くり返す素朴な祈り野の祈りこの単純を欲りてきたれり

ふかぶかと土に沁み込む鐘の音の地球の核まで届きてをらむ

振り返り今一度見る「晩鐘」はわたしの心にサイズを伸ばす

美術館出づればここは龍土町歩兵第三連隊ありき

星条旗通りを行きぬ米軍の基地の中なる「星条旗新聞社」

十九世紀の絵画にありし平安を炎暑の路上に背《そびら》に負ひて

採決にあつさり決まりゆくことの　足音《あのと》しづかな影に怯ゆる

迫害の日来るやもしれずとふと思ふ黒き日傘に顔を覆ひぬ

トラピスト男子修道院

首根つこ巨いなる手に摑まれて津軽海峡一跨ぎせり

ひとすぢに道は続けり天を指すポプラ並木に導かれ行く

赤煉瓦左右対称《シンメトリー》の調和ある真中に白きマリア像立つ

ああ、ここぞトラピスト※男子修道院原野を拓きし沈黙の園

※厳律シトー修道会による観想修道院

黒頭巾はた白頭巾の修道士ゐるとふ門をすらり入りゆく

滞在を許されたりし小さき部屋空の近さに吾も沈黙す

夢に鳴る鐘の音《ね》うつつに響きくる眠り過ぎたるわれの頭上に

暁のしんと冷たき長廊下小走りに行く素顔のままに

朝のミサすでに始まり気の満つる聖堂に身を縮め座りぬ

一日に七度の祈りは日課なり遅れくる者われしかあらず

磨かれし木の床さらに磨きゐる老修道士顔映すがに

祈りつつ歩く速度のあるらしく筒袖に手を差し入れてをり

細き面の若修道士消えし後ゆくりなく鐘の鳴りはじめたり

図書室の書架に居並ぶ神学書哲学歴史書落語全集

陸軍に接収されし日の記憶床は持ちをり黒き傷跡

修道士四名の戦死を聞く。

四名の修道士いかに戦ひき聖堂を出で聖堂に戻りぬ

向き合ひて墓碑の建ちをり死して尚交はり深むや桜木のもと

白黒の斑さながら世界地図ホルスタインの背中に腹に

聖堂の灯は落とされて祭壇に発光したりマリアの像は

一斉に聖母像に歌ひゐるサルベ・レジーナ[※]母慕ふがに

※終課を終へ一日の最後に歌はれる聖母賛歌

「ワレサ連帯の男」

ワレサ描くは他にあらずとメガホンを取りたりワイダ八十八歳

幾世代かけて成りしかポーランド俳優の貌の凹凸くきやか

労働者の擁護を語るワレサの辺　肩を怒らせパンを切る妻

塗装工の貧しき家に聖母の絵飾られてありそこのみ明るし

映画はイタリア人ジャーナリスト、オリアナ・ファラチのワレサへのインタビューを軸に展開される。

インタビュアー演ずる女優の長き指意志もつごとき表情のあり

行き詰まるワレサに聖霊降りしかなストの最中《もなか》のミサの発案

「主の祈り」唱ふるこゑの相和《あひ》して偵察機飛ぶ空を緩《ゆる》ます

乳母車にビラを隠していたワレサ。

留置場に赤児もろとも逮捕され女性警官自《し》が乳《ち》を与ふ

ビラ配る女男のシーンに甦る「鉄の男」のプラットホーム

軟禁の部屋にてラジオを改造の手付は電気工ワレサの手なり

戒厳令の夜の静けさ満つるなか連れ去られゆくレフ・ワレサの足

ノーベル平和賞授賞式に出国を許されないワレサに代わり
妻が出席、スピーチをした。

連帯を支ふる妻のスピーチの声は堂々すずやかにして

帰国の空港にて身体検査をされた。

真裸に四つん這ひに調べらるワレサの妻も　ワイダの妻も

試写室に小さき連帯生《あ》れしかな席立つわれらに目力の湧く

わが仕事は画面の採録いくたびも同じ場面に涙し笑ふ

流れゆく場面を言葉が追ひかける習ひとなれり街ゆく時も

八十九本目のシナリオ採録仕上げたりいまワレサよりわれは放たる

起き抜けに猫、母、夫より来る用事明日こそ張らむ山猫スト※を

※非公認スト

五月晴れ片足立ちの木のポーズ画面の白樺そよがせながら

庭隅に今年の竹の子顔を出す子だくさんなるワレサを思ふ

*

朝刊に腕を広ぐるレフ・ワレサ息づきてくるわれの奥処が

二〇一八年二月十三日、朝日新聞「分断はなぜ起きる」。

鉄風鈴

「感染源」と朝のニュースに眠たげな二重瞼のひとこぶ駱駝

ソーリ型アンドロイドが繰り返す「平和」「安全」「安心」「平和」

民の心推して知るべし琉球に武器も貨幣もなかりし時代の

鉄風鈴けたたましきは警鐘ぞ安保法案採決前夜

片白草《かたしろ》の白き葉みどりに戻りゆく多勢に無勢とわれはつぶやく

紡錘の形に整ふ銀杏の木国会議事堂をじはりと囲む

短冊に「平和」の文字の拙きが並びてせつなき七夕まつり

夕顔の蔓すこやかに伸びてゆく幼に「平和」を問はれゐる間も

縄文の合掌土偶に唱和せむ手を組み口開け天を見上げて

どの窓も閉ざされてゐる家並みに防犯カメラの増えゆくばかり

夏来れば祖母の禁じし「食べ合はせ」うなぎに梅干、西瓜に天ぷら

梅を干し伸子《しんし》張りにし祖母《おほはは》の白き手捌き　初夏の庭

「ネット銀行レモン支店」にタッチする葉つぱのお金を送る心地に

作らるる生命

卵子保存望む女性の増えゆくをテレビは伝ふ新月近し

大磯の美喜のホーム※を訪ねよとやんはり誘ふ羊雲あり
※澤田美喜の作ったエリザベス・サンダース・ホーム

網棚より膝に落ちたる黒き肌の嬰児《えいじ》の遺体が美喜を奮はす

不思議なる言葉のひびき幼日の耳にとらへしＧＩ、パンパン

肌の色白黒写真にわからねど揃ひのベレーふはりとやさし

美喜は蒐集した隠れキリシタンの遺物を展示し
「魂の駆け込み寺」にと遺言した。

キリシタンの隠れの遺物小さくて命がけなり細工絡繰《からく》り

耐へよ燃えよ美喜のまなざし深からむ観音菩薩の腹の十字架

光を当てると磔刑のキリストが浮かぶ鏡

陽にかざす丸き鏡に魔の力　首うな垂《だ》れてキリスト現る

二〇一四年六月六日、法王フランシスコに

安倍首相土産に魔鏡を渡ししとふ　ローマ法王に奇跡見せしや

大樟の一葉一葉のひるがへるＧＩベビー二千のいのち

凍結の卵子精子は何色ぞ冷凍庫より取り出すイクラ

「授かる」が「作る」になりたる生命を危ぶみあるく乾く砂浜

明鏡国語辞典

階上に居をうつしたり目を開け鳥の道見よ月の道見よ

月光も力増しくる初秋の風に捲れる明鏡国語辞典

辞書の言葉夜の妖気に誘はれ宙に浮かぶをいかに摑まむ

うつしうゑし皇帝ダリア咲きいでて薄紫の占むる朝の気

庭先の亀甲石の亀二郎　落合直文の幼名に呼ぶ

眠りつつ魂の聴くグレゴリオ聖歌はきざはし上り下りして

らいてうへ

白黒かカラーか問ふは夢のこと正月二日の朝の食卓

この日頃枕辺に置く夢日記　文字あり絵ありおぼろさざ波

覚め際のもやもやのなかいつしんに手繰り寄すなり夢の欠片を

手鎖の刑を受けしか今朝の夢弓手の手首に痺れ残れり

五十日の手鎖の刑受けたると歌麿「太閤五妻洛東遊観之図」に

筆を持つ手に掛けられし鎖とぞ江戸に封じられし「表現の自由」

冬空に鉛筆掲ぐる大行進パリの石畳いかなるひびき

フランスの風刺画と日本の川柳といづれが滑稽いづれが皮肉

鉛筆の十数本を削りゆくノートに真向かふまでの時間よ

それぞれが「わたしはシャルリー」と言へる日の遠きを思ふ霜柱踏む

会ひたきは冬毛に膨るる純白の雷鳥よ　さあ「らいてうの家」へ

杖をつき平塚らいてう歩きたり安保廃棄デモいのちのをはりに

振り返ることなかれといふ強きこゑ夢の出口にひびきて目覚む

起き抜けの白湯に喉を潤せりやうやう去りゆく夢に来し者

春を呼び込む

妻にして母祖母娘嫁姑　年の初めのわが変化身

境界のあつてないやう二世帯の三人暮しを猫の行き来す

無形なるものこそ伝へむ拘りの雑煮の椀に春を呼び込む

踊り場にきんぴら受け取りポトフ置くいつからともなき沈黙交易

伸び縮みする家と思へり折々に大鍋かこむ家族《やから》十人

押し入れより出でくるまるき卓袱台が小《ち》さき子の席われも坐りぬ

昭和の世まるごと知りたる母にして火種の徐々に膨らむをいふ

赤き糸ゆびに渡して落とし穴とつてすくつて亀、川、梯子

いつどこでだれがなにをしたゲーム四世代にて広がるひろがる

くれなゐの非常ボタンが母の辺の三面鏡に三つ映れり

首とれしままに置かるる木馬なり西日当たればしづかに揺れて

老猫のしつぽを穴に通しつつはかす襁褓は水玉模様

斜向うの二世帯住宅売家とふチラシ舞ひ込む大寒の朝

いつの間に越して行きしか吹き溜まる枯葉踊らす今日の凩

夕さりて咲きし大輪夕顔の結ぶ黒き実ころころと鳴る

地より浮き立つ

爪とぎも毛づくろひも忘れ果て日向に南瓜と並ぶ老猫

猫の名の診察券をポケットに猫を紙袋《かんぶくろ》に爪切りに行く

猫年齢換算表に化け猫期ありてわが猫すでに化け猫

このごろは足を引きずる老猫に寄りてこゑ掛く杖つく母は

修理より戻り元気な掃除ロボ眠れる猫のめぐりを回る

気が付けばわが家の巡りは長寿村　茶道教ふる百歳もゐて

戦中の区分けのままの隣組　敬老の日の回覧板くる

看板に丸文字増ゆるわが町に目まぐるしくあり閉店開店

金物屋文房具屋の消えしより地より浮き立つわが家の暮し

行列がいつもどこかにできてゐる今朝はマッサージ無料体験

整体と癒し処《どころ》の並びをり冬の夕陽は影を伸ばせり

日々通ふ駅前通りのスーパーは野方名画座ありにしところ

耕治人病む妻のため日々買ひし煮豆卯の花　その店も閉づ

ある朝は半纏羽織りある夜はアロハシャツ着て大滝秀治

根のなくて花屋の壁のもしやもしやはエアプランツぞ霊気のありぬ

黄ばみたる主婦の友社の「独習書」おせちを作る傍らに置く

ページ繰れば「真心」の文字そこここに六十年《むそとせ》前の此《こ》はおもてなし

細長きシャンパングラスに立ち昇る泡に重ぬる今年の願ひ

豚に真珠

年始客の四十人を賄ひしわれにやうやく女正月

銀座線銀座駅に鳴り渡る「カンカン娘」に足取りの浮く

すつぽりとミキモト真珠店覆はれて築四十年のビル解体さる

幾たびもショーウインドウ覗きたり初ボーナスに指輪買ひし日

光沢に見飽かざりしよ黒真珠半円真珠真円真珠の

遥かなるこゑ聞こえきぬマタイ伝の「豚に真珠を投げてはならぬ」

ふとわれに返りて曲がる四つ角は店幅狭き教文館書店

「断腸亭日乗」に知る不二アイスここ教文館地下にありにき

今は使へぬ回転扉に迎へらるファサード真中を静かに占めて

人ならば傘寿の回転扉とぞ脇のドアより肩すぼめ入る

漆喰の壁のレリーフ草の葉の繰り返しなれそよぎて見ゆる

大理石の床のひかりがビル内の左右対称の間取り統べゐる

山浦玄嗣訳による新訳聖書、三千冊が水につかった。

ケセン語訳腹の底まで沁みわたるを三・一一　水漬く聖書は

ギュツラフ訳『約翰《ヨハネ》福音之伝』おごそかに「ハジマリニカシコイモノゴザル」

六階の児童書売り場の入り口にランプの照らす「ナルニア国」の文字

いつきてもわくわくするとふ声のして低き本棚に子ら駆け寄りぬ

手を伸ばし自分で絵本を選ぶ子ら小さき手のなかわれの手のあり

罪のなきライオンの死を諾へずおんおん泣きたり五歳の息子は

福音書記者の象徴のレリーフは、獅子がマルコ、
天使がマタイ、雄牛がルカ、鷹がヨハネ。

裏通りに出でてふりむく壁面に雄々しき角《つの》の牛が見送る

天満月

春雷の去りて明るむ真夜の街ショーウインドウにさくらいろ満つ

告解の聴聞僧の耳怖し　ルオーのピエロに心を解《ほど》く

涌き出づる水の音して覗き込む洗礼盤のブロンズの底

額に水受けたる友を見送れば天満月の添ひてゆくなり

うねりなき頸をそろへるスワンボート北帰行を終へたる浜に

ひと月をへだてて抱くみどりごの重さに砂利踏む初宮詣

散るときはひとりひとりね舞ひあがりひたながれゆくさくらはなびら

林住期

林住期を楽しむべしと黒姫に越したる友の声透きてをり

黒姫の雪下人参ほの甘しポタージュにして掬ふ陽の色

開拓の野を覆ひたる麝香草今宵のシチューに勇気をもらふ

立ち止まり暮し見直す時間欲し積み上ぐる本崩れ落ちたり

したきことすべきことより大切ぞ私のうしろのわたくしが言ふ

改築か新築かはた転住か堂々巡りに庭木をめぐる

北帰行の始まり告ぐる夜のニュース白鳥徳利《どくり》の燗もつく頃

身一つに生きるものらの清しさを思ひて眺む「ダーウィンが来た！」

公園の池に飼はるる白鳥を促し北指す雲の一団

出囃子の「白鳥の湖」三味線に合はせ落語家摺り足に出づ

打ちあはす長き頸なく夫とわれしばしば言葉の火花を散らす

唱ふるはすなはち聴くこと自が声を耳に滲ます夜の主禱文

ゼンガーローレ

時かけて育まれ越し楽器なり胸板厚きバリトンの体

ドイツ語のゼンガーローレ訳すれば「歌手の体はまつたき円柱」

サーロインテンダーロインに養ひしリリックバリトン今宵ひびけよ

芍薬の香り満ちくる楽屋A蝶ネクタイは羽を広げつ

実らぬままの十九世紀の恋の歌シューボックス型ホールが包む

窓を閉ざして

「現代短歌」都市競詠　京都VS東京

ロボットの顔のやうなる無表情怒号しきりの国会議事堂

真の闇、真の静けさなき夜に眠れぬとあるく独居老人

風にのる光化学スモッグ注意報窓を閉ざして子らを閉ぢこむ

遮断機のあがらぬ朝の踏切の傍に伸びゆく皇帝ダリア

「迷惑な」咄嗟の思ひ　テロップの人身事故の文字に慣れきて

「あたくし」とちよつと気取つたをばさまのクスクス笑ひ道端の花

飛竜頭《ひりゆうづ》と声はんなりと京の人　皿のがんもどき恥づかしげなり

らいてうの家

らいてうの思索のいとまの息聞こゆ文机の上の湯呑の跡に

衣紋掛けに小さき羽織が手を広ぐ　思はず正す姿勢と心

七十年安保廃棄のデモの列らいていうはわが同時代人なり

白飯《しらいひ》にべにばなふはり混ぜ込みて梅雨のもなかの心励ます

喉元のまこと赤きを見せくれて燕は去りぬ小さき駅舎を

主婦連のしやもじの力飯《めし》ぢから　後尾乱せるドラムデモ見る

夏の耳

若き男の釘打つ音の冴えて来つ海開き待つはつなつの浜

日暮るればテイクファイブに身を揺らす海辺の軒の五羽の子燕

ここだけの話はカフェのそこここに　ささやき八丁こそこそ三里

姉と妹おのおの持ちゐる自鳴琴《オルゴール》喧嘩の後はそれぞれを聴く

つづまりはくすくす笑ひの満ちる部屋しじま遊びの姉と妹

お手玉の三つを操り子ら歌ふ「いつしんせんさう」は維新戦争

消しゴムのなき投票所鉛筆のさらさらひりり、ひとすぢの音

選挙権五十歳にて得たる祖母かがやく眼に入れにし一票

出口調査されしことなく校庭の亀に鳴けとぞわれは詰め寄る

ＣＭは鋭き刃にキャベツ切る　人斬る時の効果音とぞ

風にのり広報車のこゑこだませり　おれおれ詐欺の手口告げつつ

小首やや傾げて祖母はねぢ巻けりボンボン時計の大きな螺子を

お巡りさんの話術にわれも統べられて田原町の交差点渡る

電話切り夕べに濯ぐ右の耳聴聞僧となりて半時

高層の展望台に吹つ切れつこの世のことは蛙鳴蟬噪

蠟燭の焔ゆらめきガブリエルの羽のはばたき今われに来る

富士のこゑ

富士の裾野に十日間滞在することありて

幾日も見えざる富士よ折々を目にまさぐれり茶畑に立ち

茶畑をまろまろと刈る老女ゐて富士はそこにと腕を伸ばせり

示されて仰げど眼凝らせども雲は覆へり画布のごとくに

心の目開いて見よと富士のこゑ富士に向かひて眼《まなこ》をつむる

夏富士のあると思へば見えて来つ薄墨色の袈裟を纏ひて

笠雲をかぶりて現る朝の富士弾道ミサイル発射の後に

いつ見てもお巡りさんは不在なり富士が見守る茶畑交番

御殿場線の車窓に束の間あらはれし富士痩せてをり膚を濡らして

身に塩を

身に塩をこころに蜜を与へむとひとり行くなり浅間の麓

はつなつの浅間サンライン軽鴨の母子の九羽のお通りお通り

縁石を上れぬ子鴨を危ぶみて心通はすトラック野郎と

ニセアカシアニセアカシアと指差され贋のアカシア花房を垂る

つまむ手のやつぱり気取る大粒のマスカットオブアレキサンドリア

鎌倉の大仏

小春日の大仏の背に羽の生ゆ小窓ふたつが外へ開かれ

ひと泳ぎしたとばかりに大仏の肌ぬれぬれと朝日にかがやく

右巻きの螺髪は六百五十六　迷路にあそぶや頭上の鳩は

雨風に猫背となりたる大仏か金箔すつかり星に吸はれて

伏し目なる阿弥陀如来と向き合へる卒寿の母の目力つよし

貝殻骨

娘《こ》の家の玩具の部屋に目覚めたり夢の切り口ブリキのやうな

幾度も頭上を鳶のめぐりをり左にこころ巻締められて

穴ふかく骨隠す犬庭にゐて冬の黒土夕べに匂ふ

海の辺に寝起きをすればああ今朝は貝殻骨のあたり緩めり

帰りきて少女はすつぽり地球儀を麦藁帽子に覆つてしまへり

猫好きの言ふムギワラは猫のこと鳶色錆び色斑《まだら》の美しと

主人公の名前は「六道りんね」なり八歳の見るアニメぞこれは

熊野磨崖仏

馬手《めて》に杖弓手《ゆんで》を手摺にのぼりゆく乱れ積まれし石の坂道

それぞれの石の形に靴底を添はせて知りぬ石の凹凸

ＪＩＳ規格に慣らされたりしわが五体わが腿わが膝わがアキレスも

千年の夜毎夜毎を語りあひ語り尽くしし二体の巨仏

雨に穿たれ風にさらされやうやくに仏になつたと低きこゑする

馬の骨

膾《なます》作る母の気鋭し手の速し銀《しろがね》の刃をひらめかせつつ

息をつく女正月小正月小豆の粥の粘りかがやく

「心《シン》里《リ》美《メイ》」少女のやうな名をもちて紅心大根卓を弾ます

指編みにマフラー作る少女ゐて五指の運びが睦月を灯す

雪の夜の言葉やさしく喉を出づ薄紅色のスープ啜りて

大雪の静けさ破るバイク来て郵便配達夫熱き息吐く

冬枯れの山の除染の人力に畏み見入る「福島をんなカレンダー」

友からわれにそしてあなたへ輪をなして広がりゆけよこのカレンダー

いのち思ふ女の連帯しなやかに今朝も壁より伝はりてくる

*

浅間嶺の裾野なだらか馬瀬口の枯れ芒なびく辻を過れり

ゴーグルをかけたるやうな剽軽な遮光器土偶に迎へられたり

鄙びたる橡の実、団栗、鬼胡桃　食みて香《かんば》し縄文の女《ひと》

展示室ガラスケースに馬の骨あばらくつきり石のごとくに

小振りなる馬かと寄れり顔の骨すらり三角直《すぐ》なる表情

プレートに「平安時代の埋葬馬」ゴチック文字が由緒を語る

長倉の駅馬《えきま》かはたまた朝廷の牧馬か謎もゆかしきままに

一頭の馬の骨なりされどわが胸に抱かむ謎を広げむ

千年前拓かれしとふ東山道《とうさんだう》駆けゆきし馬か背を弾ませて

縄文の暮し語れよ大浅間　寝仏姿の日面仏《にちめんぶつ》よ

胡桃の殻ブーツの底に入りゐるを思へば楽し雪を踏み踏み

大鷹を眠らせ枝を揺らしゐるヒマラヤ杉のふところ深し

dry bones

襁褓外し首輪外して膝の上わが猫冷たく耳反りてきつ

鼠捕りの極楽おとしにかかりたる鼠見てゐしよ鈴つけしまま

人間なら百二十歳と言はれたり移動火葬車の黒服の男《を》に

抱きたる小さき骨壺ほんのりとわが鳩尾《みぞおち》に温みを伝ふ

うつすらと薄紅《うすべに》のさすまるき骨喉仏とぞてのひらに愛づ

家猫の四十九日も過ぎたりと松の根方に家族《うから》のつどふ

深き谷に乾きたる骨動き初むエゼキエル書三十七章に

イスラエル滅びて民はバビロンに骸骨のごとき心にありき

夢を解き幻語るエゼキエル捕囚の民を励ましながら

枯れし骨に筋肉のつき皮覆ふ　巻き戻しせる画面のやうに

四方から風のやうなる神の息死者たちに入る　生きて歩けり

神の声に骨の繋がりゆくさまを　リズミカルなる黒人霊歌は
歌声は半音階をのぼりつつ足、膝、腿、腰、背骨をつなぐ

スコップに掘り返す土やはらかく春の精霊呼びおこしゆく

風吹けば「dry《ドライ》 bones《ボーンズ》」の歌ひびく立ちて尾をふれわが愛猫も

からからと薄き音たて穴深く骨たしかなる四肢の入りゆく

てのひらをくぼめてかける黒き土　九十歳《きうじふ》の母三歳の孫

射干、鈴蘭、蒲公英、野薔薇、首の鈴　手向けてをれば蝸牛来る

まあこれは「葬式にゆく蝸牛」角に喪章を巻きたるままに

ジャック・プレヴェールの詩

首根っこ摑み上げたる重量感ふとも湧くなりわが右の肘

四半世紀子らより長く暮らしたりけふさむざむし空つぽの膝

猫たちのオーケストラのカレンダー捲ればわが猫チェロを弾きをり

塩の行進

梅咲きて「建国記念の日」は来たり　春はうららかわが血は沸かず

アメリカの独立記念日ベトナムの解放記念日いづれも羨し

トルコよりの解放記念日「おめでたう」互みに交すとブルガリアの友

啓蟄のひかりにわれも誘はれ茹で卵食む塩をふりつつ

一九三〇年三月十二日、サバルマティを出発。

三月の春のあけぼの杖を手にガンジーの発ちし「塩の行進」

七十八人歩き出したる脚は増え三八〇キロを千人の行く
歩く歩くその足音のいかならむ地響き立ちて笑ふ声して

四月六日、ダンディ海岸に到着。大英帝国の専売を無視して塩の塊を拾ふ。

たはやすくガンジーの手に拾はれしひたに輝く塩を思へり

「人々の目から涙を拭ひたい」丸き眼鏡の奥より聞こゆ

百日紅の枝先いまだ芽を出さぬ　あなたの拳と握手がしたい

朝なさな栗鼠の和毛に頰を撫づ　人を呪《のろ》わぬ呪《まじな》ひのごと

ゆめゆめ壊すな

身を抜けてこころいでゆく心地なり梛木の木下に月迎へむと

第67回源実朝を偲ぶ仲秋の名月伊豆山歌会

深き闇昇りて照らせ望の月平和を祈るわれらの上に

雲分けて月は昇りぬ深き闇照らすとふるはす月の鬣

望月のひかりはひびき物を言ふゆめゆめ壊すな憲法九条

そこここに影絵の生れてくさぐさのいのちを揺らす月のひかりは

ワイダ映画

二〇一七年十二月六日、米はエルサレムを首都と認める。

エルサレムに求めし木の実のロザリオの渦巻きてをり抽斗の隅

オリーブの丘よりながめし黄金のモスクの輝き眼に顕ちぬ

共存のやうやくたもたれゐたりしを　アラブ街ゆく十字架の道行《ヴィア・ドロローサ》

神殿跡ここぞ世界の火薬庫とガイドの言葉今しよみがへる

分離壁巡らさるるを画面にて知り悲しめりベツレヘムの街

折々に思い起こせりワイダ[※]映画のわが胸深く打ちたる場面

※アンジェイ・ワイダ監督

一番星出づれば歌ふ将校らの声やはらかし聖夜の収容所に

『カティンの森』

『聖週間』

ゲットーの炎の中へ走りゆく青年は友と「共にゐるため」

『コルチャック先生』

亡命を拒み窓なき貨車に乗るコルチャック先生子どもらと共に

『灰とダイヤモンド』

あれはモノクロだつたらうか白きシーツに滲む血の黒

自らの血を手に拭ひ嗅ぐマチェック薔薇のやうなる存在感に

塵の上に身悶えのたうち息絶ゆるまでを包みしひかりの祝福

誤射されし若者の父嘆きつつ「いつになつたら殺されない社会が」

＊

ひとすぢに海に生れたる月の道一本しかないわたくしの道

あとがき

本歌集は、二〇一四年に刊行しました『八月の耳』につづく第四歌集です。二〇一三年から二〇一五年まで「現代短歌」に八回にわたり連作二十首が掲載される機会を得、その一六〇首を中心に、纏めました。この間、三十年にわたって続けてきた岩波ホール上映作品のシナリオ採録の仕事を終えました。シナリオ採録は岩波ホールのパンフレットの特徴でもありました。それと入れ替わるように日本聖書協会より聖書翻訳の日本語担当の仕事が与えられ、勤しむ時期となりました。

戦後に生まれ、さまざまなものが築かれる様ばかり見てきた私に、いま、ひとつひとつ何かが壊れてゆく音が聞こえます。授かった仕事を通して、旧約時代からの人間の歩みに思いを馳せての作歌の時間でした。時折浮かび上がったのは、いつか見たマハトマ・ガンジーの細い脛と眼鏡の奥の柔和な眸でした。一九三〇年インドのガンジーがイギリスの塩の専売に対して行った塩の行進の時の写真。武器による抵抗ではなく、海岸まで歩き塩を作った非暴力による非服従運動。ふと心に灯るものがあり、希望を込めて歌集の題名といたしました。

連載の機会を与えていただいた当時の編集長今泉洋子様に感謝しております。また歌集を編むにあたり、現編集長で三本木書院の真野少様より懇切なアドバイスをいただき、大変有難いことでした。田宮俊和様の装丁には、塩の柱のイメージが重なり、はるかな時間の堆積を思い嬉しく存じました。

水甕をはじめさまざまな歌の仲間があることの幸せを思い精進したいと願っております。

二〇一八年文月

春日いづみ

著者小歴

1949年　東京生れ
2001年　水甕入会
2005年　『問答雲』（角川書店）第12回日本歌人クラブ新人賞
2009年　『アダムの肌色』（角川書店）
2013年　現代短歌文庫『春日いづみ歌集』（砂子屋書房）
2014年　『八月の耳』（ながらみ書房）

現在　「水甕」副代表、選者、編集委員
明治記念綜合歌会委員、NHK介護百人一首選者、
「カトリック新聞」短歌欄選者
日本歌人クラブ中央幹事、現代歌人協会、日本
文藝家協会、日本ペンクラブ各会員

歌集　塩の行進
水甕叢書第八九七篇

発行日　二〇一八年八月二十七日
著　者　春日いづみ
〒一六五—〇〇二七
東京都中野区野方六—三八—一〇
発行人　真野　少
発　行　現代短歌社
〒一七一—〇〇三一
東京都豊島区目白二—八—一
電話　〇三—六九〇三—一四〇〇
発　売　三本木書院
〒六〇二—〇八六二
京都市上京区河原町通丸太町上る
出水町二八四
装　幀　田宮俊和
印　刷　日本ハイコム
製　本　新里製本所

ISBN978-4-86534-239-0 C0092 ¥2700E

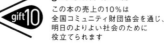